AF468090

RÉSULTATS AVANTAGEUX

POUR LA FRANCE

DU MARIAGE

De Monsieur

LE DUC DE MONTPENSIER

« Les avantages *de la bonne entente* entre les cabinets de Madrid et de Paris étaient si bien compris de l'Angleterre, qu'un des articles secrets de ses traités de 1815 PRESCRIT LA DESTRUCTION DU PACTE DE FAMILLE. »

(M. de Chateaubriand, cité dans la *Gazette de France* du 12 octobre dernier.)

« Le cabinet français avoue hautement qu'il veut entre lui et l'Espagne *une vraie et solide amitié*. Le mariage de M. le duc de Montpensier, en resserrant l'intimité des deux pays, affermira le repos de l'Europe. »

(Lettre de M. Guizot à lord Palmerston, en date du 5 octobre dernier.)

PARIS,

IMPRIMERIE SCHNEIDER ET LANGRAND,

RUE D'ERFURTH, 1.

1846

A Son Altesse Royale

MADAME LA DUCHESSE DE MONTPENSIER.

MADAME,

Il n'y a que quelques années, un illustre publiciste FRANÇAIS (M. de Chateaubriand) annonçait « que, depuis le cardinal de Richelieu jusqu'au duc de Choiseul, tous les hommes d'Etat du cabinet français n'avaient jamais perdu de vue l'*adhérence obligée* de la péninsule hispanique au sol de la France, par laquelle elle se rattache au reste de l'Europe ; et qu'il suffisait de jeter un regard sur l'histoire ainsi que sur la carte, pour reconnaître et juger l'intérêt que la France avait *à son union avec l'Espagne.* »

Un demi-siècle auparavant, un célèbre publiciste, MAIS ANGLAIS (M. Burke, en 1792), avait prétendu « qu'il importait autant à la Grande-Bretagne d'empêcher la prépondérance des Français en Espagne, que si ce royaume était une province de l'Angleterre, ou qu'elle en dépendît autant que le Portugal... que cette dépendance de l'Espagne était d'une bien plus grande importance... et que si ce royaume était dans une tout autre dépendance que celle de l'Angleterre, les suites en seraient funestes à cette dernière puissance ! »

Ce qui revient à dire que l'Angleterre, par l'organe de M. Burke, prétendait que l'Espagne doit être dans sa dépendance ; tandis que la France, par l'organe de M. de Chateaubriand, soutient seulement qu'il doit y avoir union entre elle et l'Espagne !

Par le mariage de V. A. R., Madame, avec S. A. R. M. le duc de Montpensier, on peut donc dire que M. de Chateaubriand a remporté sur M. Burke une victoire qui rend ce mariage DEUX FOIS PRÉCIEUX AUX FRANÇAIS ! puisqu'il soustrait l'Espagne à la dépendance de l'Angleterre, en même temps qu'il établit une sincère union entre l'Espagne et la France !

C'est dans le but de n'en laisser aucun doute, Madame, que le respectueux soussigné publie l'écrit qui suit : et il ose espérer que V. A. R. non-seulement ne désapprouvera pas la liberté qu'il prend de lui en faire hommage, mais encore qu'elle daignera ne voir dans cette liberté qu'un témoignage sincère du profond respect avec lequel il est,

MADAME,

de Votre Altesse Royale,

Le très-humble et très-obéissant serviteur.

G. LAIGNEL,

Capitaine de vaisseau en retraite, officier de la Légion d'honneur, etc.

Paris, 1er décembre 1846.

RÉSULTATS

AVANTAGEUX POUR LA FRANCE.

Depuis qu'il a été question du mariage de M. LE DUC DE MONTPENSIER avec l'infante, sœur de la reine d'Espagne, non-seulement les journaux français de *toutes les opinions*, quotidiens, périodiques, de Paris, des départements, mais encore une multitude de journaux *anglais*, tant wighs que torys, une foule de journaux *espagnols*, voire même jusqu'à des journaux ALLEMANDS, se sont évertués, à qui mieux mieux, soit pour découvrir LA CAUSE de l'opposition faite par le gouvernement anglais à ce mariage, soit pour attaquer et blâmer, soit pour approuver et justifier celle à laquelle chacun d'eux l'attribuait. Et on ne peut méconnaître que, dans cette polémique, il s'est trouvé plus d'un de ces journaux qui l'ont poussée jusqu'au scandale, s'il ne faut pas même dire *jusqu'au dévergondage* (1).

Mais ce qu'il y a, sans doute, de surprenant dans cette polémique poussée si loin et si longtemps prolongée, c'est qu'on y a constamment méconnu **LA VÉRITABLE CAUSE** de cette opposition faite par l'Angleterre ; quoique déjà, bien antérieurement à l'époque actuelle, elle ait été annoncée, publiée et démontrée incontestable par plusieurs publicistes célèbres, *tant anglais que français*, ainsi qu'on en a la preuve par leurs opinions à ce sujet, consignées dans le journal *la Gazette de France*, du 12 octobre dernier.

« Dès 1792, » est-il dit dans ce journal, « dès 1792, M. Burke disait (2) :

« L'Espagne n'est pas une puissance qui se soutienne par elle-même. Il faut qu'elle s'appuie sur la France ou sur l'Angleterre. Il importe autant à la Grande-Bretagne d'empêcher la prépondérance des Français en Espagne, que si ce royaume était une province de l'Angleterre, ou qu'elle en dépendît autant que le Portugal. Cette dépendance de l'Espagne est d'une bien plus grande impor-

(1) Dans le dictionnaire de l'Académie, au mot *se dévergonder*, on lit : PERDRE TOUTE PUDEUR, TOUTE HONTE.

(2) *Mémoires de M. Burke, sur les affaires d'Etat.*

tance. Si elle était détruite, ou assujettie à toute autre dépendance que celle de l'Angleterre, les conséquences en seraient bien plus funestes. Si l'Espagne est contrainte, par la force ou par la terreur, à faire un traité avec la France, il faudra qu'elle lui ouvre ses ports, qu'elle admette son commerce, qu'elle entretienne une communication par terre avec les paysans français!...»

Depuis ce langage, tenu par M. Burke il y a plus de cinquante ans, M. COBBET (est-il encore dit dans la *Gazette de France*) a tenu celui-ci (1) :

« Rien n'est plus vrai que si la France ne change pas le gouvernement de l'Espagne, *si elle ne le lie pas comme autrefois*, LA FRANCE AURA PERDU SON ANCIENNE FORCE. Une guerre de la part de la France, ayant pour but d'humilier l'Angleterre, serait sûre d'être populaire en France. Je demande aux Anglais quels sentiments ils auraient pour la France, si la France, en 1815, avait agi envers l'Angleterre comme l'Angleterre a agi envers la France? Combien peu ils doivent connaître la nation française ou le cœur de l'homme, ceux qui ignorent que tous les petits intérêts de parti disparaîtraient de-

(1) Lettre de M. *Cobbet* à M. de Chateaubriand, lors du discours de ce dernier, à la chambre des pairs, en réponse à M. de Broglie et à toute l'opposition.

vant la haine nationale excitée par les transactions de 1815 !

« Vos raisons, Monsieur, pour subjuguer l'Espagne, sont plus fondées que ne le seraient les nôtres pour subjuguer l'Irlande, si l'Irlande ne faisait pas déjà partie du royaume. Il y a un bras de mer entre l'Angleterre et l'Irlande ; mais rien ne sépare la France de l'Espagne. Si l'Ecosse était un royaume séparé, combien il serait nécessaire que l'Angleterre se l'attachât ! Nous nous rappelons combien de fois l'Angleterre a été envahie par les Ecossais ! Un ministre francais qui regarde une carte d'Espagne, qui voit les facilités infinies qu'il y a pour débarquer dans ce royaume une armée étrangère coopérant avec les Espagnols contre la France ; un ministre francais, dis-je, serait indigne de sa place, si, voyant ce danger, il ne saisissait pas la moindre occasion de le détourner. *Vous, Monsieur*, vous voyez ce danger, *vous paraissez résolu à y mettre un terme* : NOTRE AFFAIRE EST DE VOUS EMPÊCHER D'ACCOMPLIR VOTRE OBJET ! »

Depuis cette lettre, adressée par M. *Cobbet* à M. de CHATEAUBRIAND, ce célèbre publiciste s'est ainsi exprimé (1) :

(1) Les citations faites ici, des opinions et des écrits de MM. Burke, Cobbet et Chateaubriand, sont consignées, telles qu'on les présente

« Ce qu'il faut empêcher à tout prix, c'est quelque innovation dans l'ordre de la succession. La couronne catholique pourrait passer par mariage à quelque race étrangère. Le ministre d'un roi de France doit s'y opposer à tout prix ! »

. . . .

« L'Espagne, à l'état de domaine aliéné, donne issue sur la France. N'est-ce pas par cette issue que déboucha, en 1814, l'armée de Wellington ? Depuis le cardinal de Richelieu jusqu'au duc de Choiseul, les hommes d'Etat de notre cabinet n'ont jamais perdu de vue l'*adhérence obligée* de la péninsule hispanique à ce sol de la France par lequel elle se rattache à l'Europe. »

. . . .

« Voyez tout le mal que nous a fait l'Espagne sous François Ier, Henri II, Charles IX, Henri III, Henri IV et Louis XIII, lorsqu'elle a été séparée de nous, et que les filles de Philippe II et de Philippe III n'étaient point encore montées sur le trône de Hugues Capet. »

. . . .

« Si on disait que tout est changé, que les intérêts ne sont plus les mêmes, on se tromperait.

ici, dans la *Gazette de France* du 12 octobre dernier ; mais comme on ne leur y a donné aucune date, on est réduit à en agir de même.

L'autorité des anciens politiques ne doit pas, sans doute, être toujours soutenue ; mais elle doit l'être quand tous les traités et tous les publicistes sont d'accord sur un point. Quand les petits et les grands génies ont été d'accord, ce qui forme un esprit de raison, né d'un intérêt persistant et semblable que ni temps, ni constitution, ni hommes ne peuvent changer, cet accord de tous les politiques est à l'intérêt de l'Etat ce qu'est le consentement universel des peuples à l'existence de Dieu. »

. . . .

« Il suffit de jeter un regard sur la carte et sur l'histoire pour juger de l'intérêt que nous avons à l'union des deux royaumes. En désaccord avec l'Espagne, nos provinces du Midi se trouvent sevrées d'un commerce qui fait leur richesse ; notre marine privée, dans les deux mondes, des secours et des ports qui nous sont nécessaires dans nos conflits avec les Anglais. Pendant la guerre de 1756, les efforts de l'Espagne nous épargnèrent les honteuses conditions que nous subîmes par le traité de 1763. En 1776, la jonction des deux marines força la flotte anglaise à se réfugier dans le canal Saint-Georges (1). La république, par la

(1) Est-ce M. de Chateaubriand, ou bien le rédacteur de la *Gazette*, ou bien son imprimeur, qui sont ici dans l'erreur ? Le fait est que ce n'est point en 1776 que cet événement a eu lieu.

présence d'une armée espagnole, connut le danger de laisser ouverte notre frontière du Languedoc et du Béarn, et se hâta de conclure. Bonaparte sentit aussi la nécessité politique ; mais au lieu de se faire de l'Ibérie une alliée, il voulut en faire une conquête. — Méprise énorme !

« L'Espagne est un de nos flancs ; nous ne devons jamais le laisser découvert. L'Espagne est un satellite qui doit toujours rester dans notre sphère, pour la régularité de ses mouvements et des nôtres. *Les avantages* DE LA BONNE ENTENTE *des cabinets de Madrid et de Paris étaient si bien compris de l'Angleterre, qu'un des articles secrets de ses traités de* 1815 prescrit LA DESTRUCTION DU PACTE DE FAMILLE (1). »

Voilà ce qui avait été dit, avait été écrit et avait été publié, *tant en Angleterre qu'en France*, longtemps, bien certainement, avant qu'il pût être question du mariage de M. le duc de Montpensier. Voilà ce qui est là VÉRITABLE CAUSE de l'opposition faite par le gouvernement anglais à ce mariage, et non point, comme, dans quelques journaux anglais particulièrement, on l'a prétendu, *le traité d'Utrecht*,

(1) Il est sans doute assez curieux que ce soit la *Gazette de France* qui ait publié ces opinions de MM. Burke, Cobbet et Chateaubriand, lorsque ce journal a été un de ceux qui ont crié le plus fort contre le mariage de M. LE DUC DE MONTPENSIER ! !

dont, en Angleterre, on exigeait le maintien ainsi que l'exécution !

Et en effet, pour peu qu'on connût les principes d'après lesquels le gouvernement anglais a l'habitude de se conduire, comment pouvait-on soutenir que ce gouvernement oserait établir et appuyer son opposition sur ce traité ?

Est-ce qu'il n'est pas de toute notoriété qu'un traité de paix ou tout autre, dans lequel ce gouvernement aurait même été une des parties contractantes, n'a jamais été pour lui une obligation de s'y conformer, *dès qu'il a été de son intérêt de l'enfreindre ?*

Combien n'en pourrait-on pas citer d'exemples semblables à celui DU TRAITÉ D'AMIENS ?

Est-ce que, par ce traité, l'ILE DE MALTE n'était pas déclarée *indépendante ainsi que* SOUVERAINE ! et son évacuation par les Anglais obligatoire pour eux après la ratification du traité **GARANTI PAR LA RUSSIE, PAR L'AUTRICHE, PAR LA PRUSSE, PAR L'ESPAGNE ET PAR LA FRANCE !!!...** Et cependant n'est-ce pas dès l'année immédiatement suivante que le gouvernement anglais n'a plus voulu l'exécuter *en ce qui le concernait,* AFIN DE S'APPROPRIER L'ILE DE MALTE QU'IL POSSÈDE ENCORE EN CE MOMENT (1) ?

(1) Cette possession de l'île de Malte par l'Angleterre ne serait-elle

Comment, alors, et pourquoi prétendrait-il aujourd'hui que d'autres gouvernements dussent, plus que lui, se soumettre à jamais à l'exécution d'un traité qui date de plus d'un siècle, et qui d'ailleurs a été aboli, *au moins de fait*, maintes et maintes fois ?

Ce n'est donc pas *le traité d'Utrecht* qui peut être la cause de l'opposition élevée par le gouvernement anglais contre le mariage de M. le duc de Montpensier ; comme il n'est pas non plus celle de l'IRRITATION de ce gouvernement contre le gouvernement français depuis l'accomplissement de ce mariage, qui, on ne peut pas le méconnaître, non-seulement a changé *du noir au blanc* la situation de l'Angleterre envers la France, mais encore est aussi favorable à la France qu'il est défavorable à l'Angleterre !

En effet, quelle était cette situation avant le mariage ?

D'abord la France avait à craindre que l'Espagne passât dans cette dépendance de l'Angleterre dont MM. Burke, Cobbet et Chateaubriand ont assez fait connaître les résultats que, dans le

pas la cause pour laquelle le gouvernement anglais ne paraît pas disposé à se réunir au gouvernement français relativement à la possession de Cracovie par l'Autriche ; et ne serait-elle pas un motif pour que le gouvernement français ne fût pas plus pressé d'obtenir cette réunion ?

cas d'une guerre entre l'Angleterre et la France, elle ne pourrait pas manquer d'avoir pour l'un et l'autre de ces deux royaumes.

Or l'accomplissement de ce mariage a non-seulement anéanti cette crainte que la France *pouvait* et DEVAIT avoir, mais encore il lui a donné la certitude que si elle ne prétend pas à ce que l'Espagne soit dans sa dépendance, au moins elle peut être assurée que, dans le cas de cette guerre, l'Espagne serait pour elle une alliée aussi *sincère* que SOLIDE et UTILE !

Secondement, il est évident que ce mariage a remplacé *par une vraie et solide amitié* entre la France et l'Espagne, CETTE ENTENTE CORDIALE qui, dans les véritables intérêts de l'Angleterre et de la France, a pu exister depuis longtemps entre leurs gouvernements, mais à laquelle il faut convenir que le gouvernement anglais a quelquefois mis des conditions tellement élevées, qu'elles n'ont pu être acceptées que parce que LA PAIX EST LE PREMIER DES BESOINS COMME ELLE EST LA PREMIÈRE DES GLOIRES, ainsi que l'écrivait le 26 décembre 1799, au roi d'Angleterre, « celui qui (a-t-il été dit il y a quelques jours devant son tombeau), celui qui a rempli l'univers de son nom; dont la gloire éclaire encore le monde, et dont l'épée a remporté bien des victoires, au nombre desquelles il faut considérer comme la plus belle celle, quand les Français s'égorgeaient entre eux, de les avoir défendus contre eux-mêmes, et leur avoir donné CETTE PAIX *qu'un autre grand roi leur conserve* SANS QU'IL LEUR EN AIT COUTÉ UNE GOUTTE DE SANG (1). »

Troisièmement, si, avant le mariage, l'Angleterre avait déclaré la guerre à la France (en admettant encore que l'Espagne aurait été assez indépendante de l'Angleterre pour n'être pas obligée d'être son alliée contre la France), si, dis-je, avant le mariage, l'Angleterre avait déclaré la guerre à la France, elle n'aurait eu affaire *qu'avec la France seule*, tandis que par l'effet de l'accomplissement du mariage, elle aurait affaire en même temps AUX DEUX PUISSANCES !

Quatrièmement, si, dans le cas de guerre, l'Angleterre n'avait affaire qu'avec la France, au moyen du nombre considérable de bâtiments à vapeur qu'il est en son pouvoir d'armer en guerre, *elle pourrait bloquer* toutes les côtes ainsi que tous les ports de la France, tant dans la Manche que dans l'Océan et dans la Méditerranée, *assez hermétiquement* pour empêcher qu'il en sorte un seul bâtiment destiné à attaquer le commerce maritime de l'Angleterre ; tandis que si elle avait

(1) Paroles prononcées par le bey de Tunis dans sa visite aux Invalides, et consignées au *Moniteur* du 2 de ce mois.

affaire avec la France et l'Espagne réunies, il lui serait impossible d'étendre ce blocus sur toute l'étendue des côtes de ces deux royaumes; et alors une multitude de bâtiments légers armés en course sortiraient de leurs ports *pour courir sus aux navires anglais* AVEC LA DESTINATION DE LES DÉTRUIRE : et rappellerait promptement au souvenir de l'Angleterre qu'au mois de décembre 1814 elle fut obligée de signer à Gand un traité de paix, *fort peu honorable pour elle*, avec les Américains, parce que ceux-ci venaient de proclamer et mettre en pratique le principe *qu'il fallait s'attacher à attaquer le commerce maritime de l'Angleterre, et que le moyen d'y parvenir était* DE COURIR SUS ET DÉTRUIRE TOUS SES NAVIRES (1).

Cinquièmement, la France et l'Espagne étant alliées dans une guerre déclarée par l'Angleterre à la France, **AVEC LE SECOURS DE LA NAVIGATION AU MOYEN DE LA VAPEUR**, il leur serait possible, dans un avenir qui ne serait peut-être pas aussi éloigné qu'il paraît l'être, de fermer la Méditerranée au commerce maritime de l'Angleterre : l'Espagne, avec son port de *Cadix*, situé à la sortie et dans le nord du détroit; son port de *Ceuta* dans le détroit même sur la côte d'Afrique;

(1) Voir, à la fin de cet écrit, l'*annexe*.

son port d'*Algésiras* en dedans du détroit, et son *Port-Mahon* dans l'île de Minorque ; la France, avec son port d'*Alger* sur la côte d'Afrique, et les ports de *Marseille* et de *Toulon*, en en laissant de côté plusieurs autres situés plus près du détroit !

Ces deux puissances n'auraient qu'à avoir, chacune dans chacun de ceux de ces ports qui leur appartiennent, vingt-cinq à trente bâtiments à vapeur, de diverses grandeurs ainsi que de différentes forces, il est évident qu'il deviendrait impossible aux navires du commerce anglais *de s'aventurer* soit à entrer dans la Méditerranée, soit à en sortir, quelque pût même être le nombre et la force des bâtiments à vapeur que l'Angleterre aurait à Gibraltar et dans cette mer ! ! !

AINSI,

Certitude que l'Espagne ne sera point dans la dépendance de l'Angleterre !

Qu'une vraie et solide amitié entre l'Espagne et la France a remplacé l'ENTENTE CORDIALE entre la France et l'Angleterre !!

Qu'une coalition aurait lieu entre l'Espagne et la France dans le cas où l'Angleterre déclarerait la guerre à la France !!!

ET DE PLUS,

Facilité, dans le cas de cette guerre, pour

la France, de faire sortir, soit des ports français, soit des ports espagnols, pour être envoyés dans toutes les mers, une multitude de bâtiments légers armés en course avec la destination *de courir sus aux navires du commerce anglais* ET DE LES DÉTRUIRE !

Possibilité pour la France et l'Espagne réunies de fermer, dans un avenir plus ou moins rapproché, la Méditerranée aux navires de commerce que l'Angleterre est dans le cas d'y faire naviguer (1).

Probabilité que ces dernières considérations attireront une attention toute spéciale du gouvernement anglais, dans le cas où quelqu'un de ses membres aurait la velléité de faire déclarer la guerre à la France sous le prétexte de ce mariage.

Certitude morale que non-seulement la guerre ne sera *pas* déclarée à la France par l'Angleterre, mais encore que la France ne doit PLUS la craindre.

Enfin, que le gouvernement français non-seulement doit être bien convaincu qu'il importe au-

(1) Le journal *la Quotidienne*, du 20 de ce mois (novembre), cite un article du journal anglais *the Morning Chronicle*, qui reconnaît ces résultats du mariage de M. le duc de Montpensier, puisque dans cet article anglais on lit : « L'INDÉPENDANCE DE L'ESPAGNE AUSSI BIEN QUE LA LIBERTÉ DU COMMERCE DANS LA MÉDITERRANÉE se trouvent mêlées dans la question ; elles sont toutes deux trop importantes pour l'Angleterre, pour que celle-ci soit satisfaite par un équivalent. »

tant à la prospérité de l'Angleterre qu'à celle de la France qu'il existe entre les deux gouvernements SINON UNE ENTENTE CORDIALE, au moins UNE BONNE INTELLIGENCE; mais encore qu'il doit aussi l'être que cette bonne intelligence n'est pas un SINE QUA NON de l'existence de la France ! ! !

Tels sont LES RESULTATS du mariage de M. le duc de Montpensier avec l'infante, sœur de la reine d'Espagne, et que, bien certainement, *nonobstant toutes opinions contraires* (1), on peut incontestablement proclamer

RESULTATS AVANTAGEUX POUR LA FRANCE ! ! ! !

(1) Le journal *l'Esprit public*, du 7 de ce mois (novembre), s'exprime ainsi : « Nous l'avons déjà dit dès le premier jour, et nous le répétons encore, le mariage Montpensier est la faute la plus énorme qui ait été commise depuis 1830. Ceux qui en doutent encore le verront plus tard. »

Quelques jours après, la *Quotidienne* et la *Gazette de France* ont répété cet article de l'*Esprit public*, et le journal *la France*, du 17, s'exprime en ces termes : « Nous nous demandons maintenant si *les avantages* que notre politique a trouvés en Espagne peuvent empêcher jamais les maux incalculables qu'elle a préparés à la France ? »

ANNEXE.

En 1815, j'ai publié, sous le titre *du Seul moyen de faire avec succès la guerre à l'Angleterre*, un écrit où on trouve les deux documents suivants :

I. Extrait du journal américain *the Democratic Herald*.

Philadelphie, 23 octobre 1814.

« How shall ve annoy our enemy? ou *Comment ferons-nous du mal à notre ennemi?* »

Le journaliste américain, après avoir indiqué les moyens à employer pour provoquer dans l'armée et dans la marine anglaise *la désertion* rendue facile par la langue commune aux deux nations, poursuit comme il suit :

« Un autre objet d'une très-grande importance, c'est la course ! Nous sommes bien aise de reconnaître que l'opinion publique penche beaucoup vers cette manière de faire la guerre. Au commencement des hostilités, le préjugé était fortement contre. Les circonstances ont fait changer d'opinion beaucoup de personnes. Cependant, afin de rendre la course avantageuse à notre pays et ruineuse pour notre ennemi, *il ne faudrait amariner ni faire aucune prise, puisque* L'EXPÉRIENCE *nous a fait connaître tout le mal* QU'UN SEUL *bâtiment armé sur ce principe avait déjà pu faire dans la Manche*... BRULER, COULER ET FAIRE DES PRISONNIERS ! Telle devrait être la loi des États-Unis pour tout ce qui appartient au système de la course !

« De toutes les prises faites par les corsaires américains, à peine en était-il arrivé à bon port une sur quatre ; et de cette manière elles sont tombées au pouvoir de l'ennemi : avec ce qui, toutefois, est encore d'une plus grande importance, avec les hommes qu'on avait mis à bord... et on doit considérer la perte de ces hommes comme une perte beaucoup plus sensible que n'a pu l'être le profit fait par les prises sauvées.

« Les États-Unis devraient donc offrir tant par homme, pour chaque individu fait prisonnier, et de plus un tiers ou un quart de la valeur du bâtiment et de la cargaison dont la destruction aurait lieu. De cette manière, l'armateur américain ferait autant de profits que s'il avait mis du monde à bord de sa prise, *et notre ennemi perdrait entièrement tous les bâtiments qui lui seraient pris* (1).

« Le mal fait par un semblable système adopté et suivi avec chaleur doit être incalculable ; et certainement les États-Unis pourraient très-bien et longtemps soutenir

(1) Dans mon écrit publié en 1815, je ne partage pas cette opinion du journaliste américain, mais je propose un autre système que je crois bien plus désastreux pour le commerce anglais. (*Note de l'éditeur.*)

une guerre dont la dépense ne leur coûterait que le quart des pertes que l'ennemi ferait! Une légère taxe pourrait être levée et exclusivement affectée à l'encouragement et à l'armement de cette course.

« En moins d'un an, nous ne craignons pas de le prédire, la Grande-Bretagne serait plus fatiguée de la guerre qu'elle n'en aurait jamais aimé les profits. Ses bâtiments de guerre, qui maintenant infestent nos côtes, lui deviendraient nécessaires en d'autres lieux pour protéger son commerce; et ni tous ses convois, ni toutes les dépenses qu'elle prodigue à ce despotisme colossal qu'on appelle la marine anglaise, ne pourraient suffire à une semblable protection sur cet Océan où les Anglais prétendent insolemment faire une loi qu'ils osent réclamer à l'égal d'un droit territorial!... En moins d'un an, nous verrions cette puissance humiliée et à nos pieds. Nous n'entendrions plus parler de ses édits vandaliques, de ses vertus algériennes, ni de ses demandes de Gand. Nous la verrions subir la peine due à ses crimes. On la verrait enfin avec *ce lion* si vanté, *non rampant*, MAIS TREMBLANT ! »

I. Cet extrait du journal américain est consigné au journal anglais, *the Courier*, du 11 janvier 1815, et porte la date du 22 octobre 1814. La paix a été signée à Gand le... décembre suivant, et, quelques jours après, M. Cobbet adressait à lord Liverpool, au sujet de cette paix, la lettre suivante :

II. « Je vous avais prédit que vous auriez la guerre avec l'Amérique, si vous persistiez à vouloir exercer la presse des matelots à bord des navires américains rencontrés en pleine mer : vous y avez persisté, et vous avez eu la guerre... Je vous avais prédit que les Américains *vous battraient* dans les combats, si vous prolongiez la guerre seulement deux ans... vous avez prolongé la guerre, et les Américains VOUS ONT BATTUS... Je vous avais prédit que vous ne feriez jamais la paix, si vous exigiez quelque concession de l'Amérique... vous en avez exigé de grandes concessions, comme un *sine quâ non*... ET TROIS MOIS APRÈS, VOUS AVEZ FAIT LA PAIX, EN CÉDANT TOUT, SANS MÊME EN EXCEPTER LA CESSION DE CE *sine quâ non !* Enfin, vous avez dépensé 50 millions sterling, et vous avez perdu, j'ose le dire, trente mille hommes pour ne rien faire, si ce n'est pour donner naissance à une marine en Amérique, pour faire développer et fleurir les manufactures de ce pays, et pour semer à jamais dans le cœur des Américains la haine du gouvernement. » (Septième lettre adressée par M. Cobbet au comte de Liverpool, au sujet de la guerre avec les Américains.)

Ainsi : COURIR SUS, BRULER, COULER LES NAVIRES MARCHANDS, ET FAIRE DES PRISONNIERS!!! tel a été le système que les Américains ont reconnu le plus propre à faire du mal à l'Angleterre, en même temps que les Anglais ont avoué qu'il était celui qui pouvait le mieux remplir ce but, puisqu'à peine trois mois s'étaient écoulés depuis qu'il avait été proclamé par les Américains, que l'Angleterre s'était empressée de faire avec eux une paix qui lui était d'autant moins honorable, que les Américains n'avaient pour faire la guerre que *trois frégates et quatre corvettes* bâties en sap; étaient à une distance de douze cents lieues de l'Angleterre, et n'avaient aucun port de refuge en Europe : tandis que les Anglais, à ce moment, avaient une marine que, dans leur *navy-list* du mois de juin 1814, ils annonçaient être composée D'ENVIRON DEUX CENT CINQUANTE VAISSEAUX DE LIGNE, ET DE PLUS DE SEIZE CENTS AUTRES BATIMENTS DE GUERRE (1) !!! en même temps qu'ils n'avaient que l'Amérique à combattre, puisque les événements qui venaient d'avoir lieu en Europe leur en garantissaient les dispositions pacifiques de toutes les puissances !!!

(1) Au navy-list pour le mois de juin 1814, le dernier bâtiment qui s'y trouve porté l'est sous le n° 2114.

Paris. — Imp. SCHNEIDER et LANGRAND, rue d'Erfurth, 1.